1ª edición: marzo 2016

Consell de Cent, 425-427
08009 Barcelona (Espanya)
www.edicionesb.com

Diseño y realización editorial: estudioIDEE / Oh!Books

Printed in Spain

ISBN: 978-84-16075-89-8
DL B 1145-2016
Impreso por ROLPRESS

RAQUEL GU

MONSTRUOPEDIA

Un catálogo de monstruos (que no existen)

Para Sergi, en su océano infinito.

Barcelona · Madrid · Bogotá · Buenos Aires · Caracas · México D.F. · Miami · Montevideo · Santiago de Chile

En el castillo vive un vampiro,
el guapo y coqueto Vladimiro.

Siempre se mira al espejo
y nunca ve su reflejo.

Tiene los dientes tintineantes
desde que mordió a un elefante.

Pero lleva bráquets de porcelana fina
para presumir de una sonrisa divina.

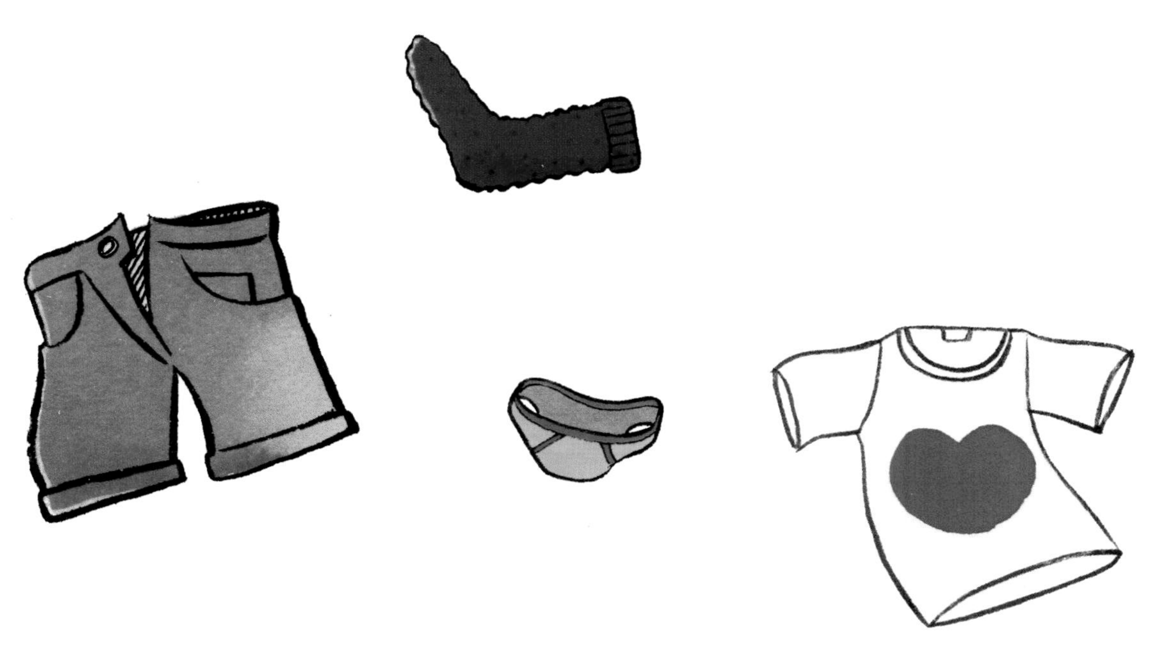

El fantasma casero se desespera,
el pobre, ya no asusta a cualquiera.

¡Los traviesos Izaskun y Otelo
cada día le toman el pelo!

Si ayudan a doblar la colada,
le cambian la sábana lisa por una estampada.

Y cuando nadie mira, los muy pillos
le lanzan calcetines y calzoncillos.

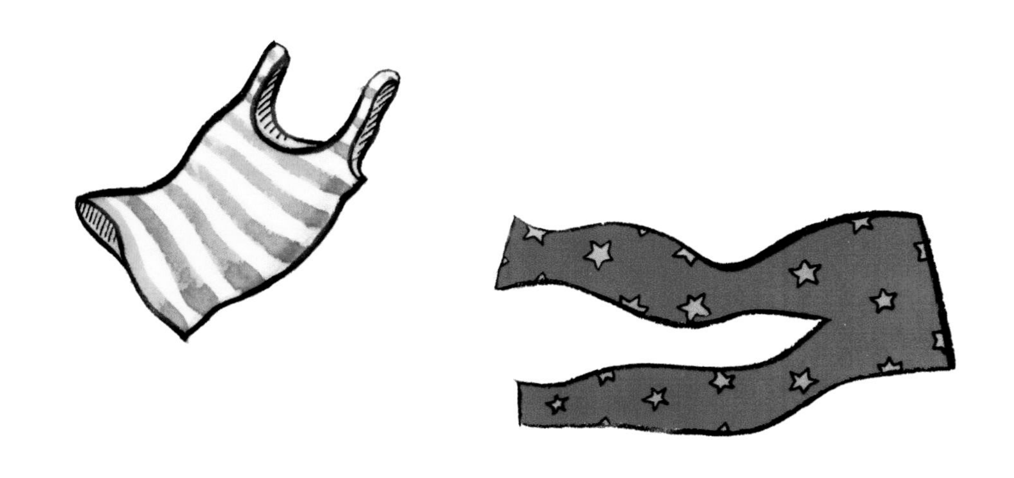

La momia de las películas de terror
se hartó de comer judías y coliflor.

Y se fue al lavabo deprisa y corriendo,
gritando: «¡Ay, ay, ay, que no llegaré a tiempo!»

Según cuenta su mascota,
estuvo haciendo cacota.

Pero el destino le jugó una broma cruel:
¡DE REPENTE YA NO QUEDABA PAPEL!

El hombre y la mujer lobo, muy elegantes,
han ido a cenar a un restaurante.

Piden sopa de lentejas
y el hombre lobo se queja:

«Pero ¿qué es esto, camarero?
¿Hay pelos en el puchero?»

Y el camarero piensa con disimulo:
«¡A ver, a ver, si ese pelo va a ser suyo!»

El yeti Torcuato
no usa zapatos.

El pobre tiene frío en los pies,
y se resfría cada dos por tres.

A la que estornuda un poco,
enseguida se le cae el moco.

Si lo ves, dile que vaya al doctor,
y dale un pañuelo, por favor.

El monstruo del agua no sabe nadar
pero le encantan el lago y el mar.

«¿Tan grandullón y con manguitos?»,
le preguntan los sapitos.

«¡Nadaré mejor que un delfín!»,
contesta él con retintín.

«Porque aprendo con mi amiga Ula,
que es una nadadora muy chula.»

El monstruo de la oscuridad
se esconde a toda velocidad.

Aunque parece muy chisposo,
el pobre es muy vergonzoso.

Y cualquier rincón es seguro,
siempre que esté bien oscuro.

El armario es su escondite preferido,
¡Es un monstruo muy presumido!

El kraken Dante,
es un pulpo gigante.

Vive en los fríos mares polares
y asusta a barcos y calamares.

Pero el kraken no es malvado,
solo un travieso redomado.

Marineros, pescadores, grumetes: ¡corred!
¡O el kraken os hará cosquillas en los pies!

GOMINA

Doña Trol está invitada
a la fiesta que da el hada.

Allí bailará con Rapunzel
y comerá tortitas de miel.

Han venido Pol y Helena
para cuidar su melena.

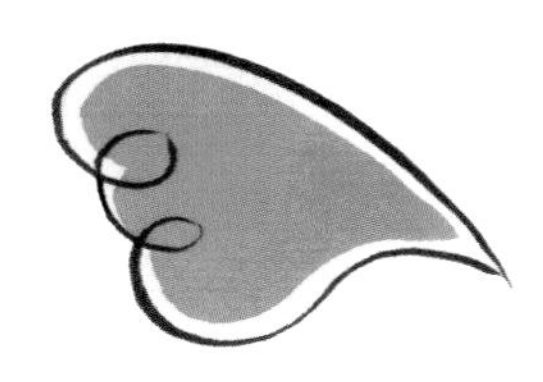

La peinan con un cepillo de pelo de gato
y le echan perfume de murciélago chato.

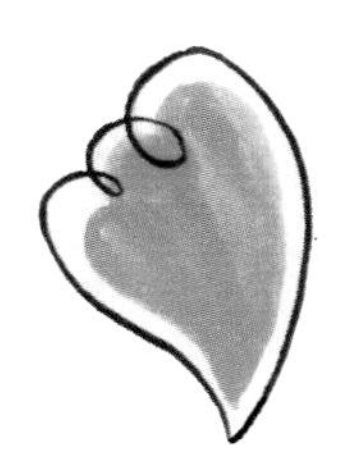

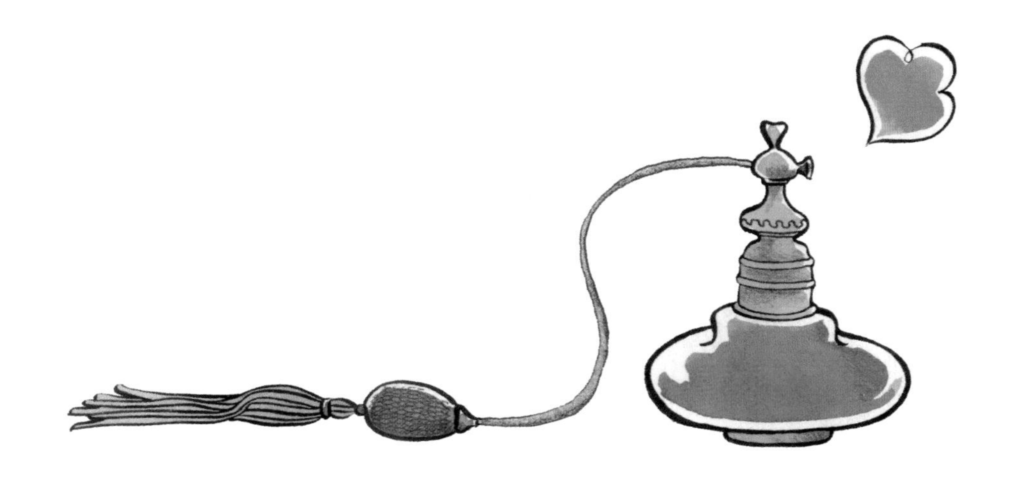

La zombipanda no quiere estar
durmiendo toda la eternidad.

Cada noche se escapan de la tumba
a ritmo de rock, hip-hop y rumba.

Al vigilante lo tienen frito:
«¡Ya se ha vuelto a fugar el grupito!»

Y se van antes de que los pille
¡o antes de que el sol brille!

A Franki y a su amiga Clara
les encanta tocar la guitarra.

Y como son muy discretos
hacen conciertos secretos.

Cuando todos duermen, incluso el gato,
suben a la terraza a tocar un rato.

Y si cae un relámpago del cielo,
Franki se marca un solo locuelo.

Monstruos de todas las formas y tamaños:
Lo siento pero no existís, ¡sois un engaño!

Solo estáis en nuestra imaginación,
y os dibujamos por diversión.

Si decimos «Un, dos, tres, ¡alehop!»,
desapareceréis con un gran «¡plop!».